公主出任務5

THE *Princess* IN BLACK 遊戲日的祕密

文／珊寧・海爾 & 迪恩・海爾
Shannon Hale & Dean Hale

圖／范雷韻 LeUyen Pham

譯／黃筱茵

獻給艾比蓋兒、阿卓麗安、艾力克、阿蕾西亞、
雅蕾珊琪雅、阿蕾莎、艾雅、奧德蕾、阿法蘿絲、
布魯克琳、布莉安娜、卡洛琳、克萊兒、克莉蒙汀、
艾拉、愛麗、艾默森、艾芙琳、菲力絲、喬琪雅、
關娜麗、伊莎貝拉、潔絲、凱特琳、卡珊、凱瑟琳、
凱文、克拉拉、莉比、麗麗安娜、里歐、藍丁、
瑪德琳、馬勒麗、麥克斯、梅根、米羅、蜜麗阿瑪、
奧利佛、洛柯、露比、蘇菲雅、蘇菲、史黛拉、
泰勒、威廉、佐依，還有所有閱讀和玩黑衣公主遊戲
的小朋友們

珊寧‧海爾 & 迪恩‧海爾

獻給維勒娜，我認識最棒的說故事者之一

范雷韻

人物介紹

木ㄇㄨˋ蘭ㄌㄢˊ花ㄏㄨㄚ公ㄍㄨㄥ主ㄓㄨˇ

黑ㄏㄟ衣一公ㄍㄨㄥ主ㄓㄨˇ

牧ㄇㄨˋ童ㄊㄨㄥˊ達ㄉㄚˊ夫ㄈㄨ

噴ㄆㄣ嚏ㄊㄧˋ草ㄘㄠˇ
公ㄍㄨㄥ主ㄓㄨˇ

偷ㄊㄡ偷ㄊㄡ摸ㄇㄛ摸ㄇㄛ
怪ㄍㄨㄞˋ獸ㄕㄡˋ

山ㄕㄢ羊ㄧㄤˊ復ㄈㄨˋ仇ㄔㄡˊ者ㄓㄜˇ

毯ㄊㄢˇ子ㄗˇ公ㄍㄨㄥ主ㄓㄨˇ

第 一 章
勝利之舞

　　真是一個清新又舒適的下午！黑衣公主和山羊復仇者剛剛合力把一隻怪獸擠回通往怪獸國的洞，是時候跳「勝利之舞」慶祝一下啦！

他‍們‍互‍相‍擊‍掌‍、扭‍扭‍屁‍股‍、喊‍「呀‍呼‍！」。這‍是‍他‍們‍之‍間‍的‍默‍契‍。

兩個人都沒注意到，在他們歡呼的時候，居然又有一隻怪獸偷偷從洞口探出頭來。

　　「今天就先把保護山羊的工作交給你了，沒問題吧？」黑衣公主說：「我有其他的計畫——一個神祕計畫。」

「交ᵘ給ᵍ我ᵘㄅ吧！你ㄋ的ㄉ神ㄕ祕ㄇ計ㄐ畫ㄏ聽ㄊ起ㄑ來ㄌ很ㄏ不ㄅ錯ㄘ。」山ㄕ羊ㄧ復ㄈ仇ㄔ者ㄓ說ㄕ。

一ㄧ起ㄑ打ㄉ擊ㄐ怪ㄍ獸ㄕ實ㄕ在ㄗ太ㄊ開ㄎ心ㄒ了ㄌ，於ㄩ是ㄕ他ㄊ們ㄇ又ㄧ跳ㄊ了ㄌ一ㄧ次ㄘ「勝ㄕ利ㄌ之ㄓ舞ㄨ」。

就在黑衣公主打算轉身離開山羊草原時，剛從洞口爬出來的偷偷摸摸怪獸，立刻蹲坐下來，假裝成是一叢灌木。

　　「那裡本來就有一叢灌木嗎？」黑衣公主懷疑的問。

嚇<ruby>ㄏ<rt></rt></ruby><ruby>ㄜ<rt></rt></ruby>！

　　山<ruby>ㄕ<rt></rt></ruby>羊<ruby>ㄧ<rt></rt></ruby>復<ruby>ㄈ<rt></rt></ruby>仇<ruby>ㄔ<rt></rt></ruby>者<ruby>ㄓ<rt></rt></ruby>沒<ruby>ㄇ<rt></rt></ruby>有<ruby>ㄧ<rt></rt></ruby>聽<ruby>ㄊ<rt></rt></ruby>到<ruby>ㄉ<rt></rt></ruby>公<ruby>ㄍ<rt></rt></ruby>主<ruby>ㄓ<rt></rt></ruby>的<ruby>ㄉ<rt></rt></ruby>疑<ruby>ㄧ<rt></rt></ruby>問<ruby>ㄨ<rt></rt></ruby>，他<ruby>ㄊ<rt></rt></ruby>正<ruby>ㄓ<rt></rt></ruby>忙<ruby>ㄇ<rt></rt></ruby>著<ruby>ㄓ<rt></rt></ruby>練<ruby>ㄌ<rt></rt></ruby>習<ruby>ㄒ<rt></rt></ruby>忍<ruby>ㄖ<rt></rt></ruby>者<ruby>ㄓ<rt></rt></ruby>招<ruby>ㄓ<rt></rt></ruby>數<ruby>ㄕ<rt></rt></ruby>。隨<ruby>ㄙ<rt></rt></ruby>著<ruby>ㄓ<rt></rt></ruby>使<ruby>ㄕ<rt></rt></ruby>出<ruby>ㄔ<rt></rt></ruby>不<ruby>ㄅ<rt></rt></ruby>同<ruby>ㄊ<rt></rt></ruby>招<ruby>ㄓ<rt></rt></ruby>數<ruby>ㄕ<rt></rt></ruby>，他<ruby>ㄊ<rt></rt></ruby>不<ruby>ㄅ<rt></rt></ruby>停<ruby>ㄊ<rt></rt></ruby>喊<ruby>ㄏ<rt></rt></ruby>著<ruby>ㄓ<rt></rt></ruby>：「嚇<ruby>ㄏ<rt></rt></ruby>！」「看<ruby>ㄎ<rt></rt></ruby>招<ruby>ㄓ<rt></rt></ruby>！」「呼<ruby>ㄏ<rt></rt></ruby>哈<ruby>ㄏ<rt></rt></ruby>！」

黑衣公主和黑旋風奔馳穿過森林，在城堡前方停下腳步。

　　他們得小心行動，不要被發現。因為如果有人看見黑衣公主進入城堡，其他人可能會猜到，她就是木蘭花公主。沒有人知道黑衣公主的祕密身分——當然，除了她的忠心小馬黑旋風。

　　黑衣公主看看右邊，黑旋風看看左邊，確認四周都沒有其他人。

接著，小馬鑽進祕密通道，公主翻過城牆。他們認為一定沒有人會發現他們的行動。

第 二 章
偷偷摸摸怪獸的計畫

　　偷偷摸摸怪獸爬向護城河的吊橋。牠餓得不得了了，很想大口吃山羊。黑衣公主聞起來有山羊的味道。所以，偷偷摸摸怪獸就一路跟著她來到了城堡。

結果一轉眼，黑衣公主居然不見了。偷偷摸摸怪獸只好假裝成石頭蹲坐在一旁，等著看看有什麼食物可以吃。

沒多久，一隻獨角獸出現。牠拉著馬車經過吊橋，出了城堡。

一一位穿著粉紅色衣服的公主坐在馬車上。所以，她不是剛剛那位黑衣公主。不過，她身上居然也有山羊的味道……聞起來很可口。

「好想吃山羊……」偷偷摸摸怪獸輕聲的喃喃說著。

戴著面罩的英雄一直保護著山羊草原上的山羊，所以偷偷摸摸怪獸沒辦法偷吃山羊。於是，牠決定跟著這位公主。

　　平常，只要跟著臭呼呼、毛茸茸的鬼東西都能找到山羊，更何況現在跟著這麼一位看起來不像會惹什麼麻煩的好人，偷偷摸摸怪獸覺得自己一定也會有好東西吃。

第三章
公主們的歡樂時光

　　酷麻花拉著馬車繞過了山頂。沒多久，木蘭花公主聞到了空氣中鹹鹹的海水味。

　　「酷麻花，我們到了！」木蘭花公主說：「我們到達噴嚏草公主的王國了！」

電車叮噹作響，海浪聲陣陣傳來，今天正是個適合執行神祕計畫的完美日子！就像是……「公主遊戲日」這種計畫！噴嚏草公主的城堡就在小鎮的正中央。

木蘭花公主敲敲門說：「噴嚏草公主，我來參加『公主遊戲日』了！」

沒人來應門。

「噴嚏草公主？」木蘭花公主高喊：「有人在家嗎？」

突然，噴嚏草公主清清喉嚨說：「我就在你旁邊呀。」

「哇！」木蘭花公主說：「我完全沒發現你站在旁邊耶。你跟一旁的花叢幾乎融為一體了！」

噴ㄆㄣ嚏ㄊㄧ草ㄘㄠ公ㄍㄨㄥ主ㄓㄨ的ㄉㄜ坐ㄗㄨㄛ騎ㄐㄧ——好ㄏㄠ棒ㄅㄤ豬ㄓㄨ爵ㄐㄩㄝ士ㄕ，帶ㄉㄞ酷ㄎㄨ麻ㄇㄚ花ㄏㄨㄚ去ㄑㄩ參ㄘㄢ觀ㄍㄨㄢ花ㄏㄨㄚ園ㄩㄢ；噴ㄆㄣ嚏ㄊㄧ草ㄘㄠ公ㄍㄨㄥ主ㄓㄨ則ㄗㄜ帶ㄉㄞ木ㄇㄨ蘭ㄌㄢ花ㄏㄨㄚ公ㄍㄨㄥ主ㄓㄨ參ㄘㄢ觀ㄍㄨㄢ城ㄔㄥ堡ㄅㄠ。

「這裡原本應該是放置寶座的地方。」噴嚏草公主說：「結果寶座被放到別的房間去了。」

「有時候出一點小差錯也難免啦。」木蘭花公主安慰著說。

「這裡是舞廳註。」噴嚏草公主說：「不過，我都拿來放球。」

「哇，你很會利用空間耶。」木蘭花公主讚嘆的說。

註：「ballroom」原指舞廳，但噴嚏草公主則以為是「ball room」，指「放球的房間」。

「這裡是遊戲室。」噴嚏草公主說：「城堡裡還有其他房間，不過，我最常待在這裡。」

「我們可以進去嗎？」木蘭花公主問。

「你先請。」噴嚏草公主說。

木蘭花公主和噴嚏草公主的遊戲正式開始。

扮裝敲擊！

歡樂蹦蹦跳！

歌ㄍㄜ唱ㄔㄤˋ
爭ㄓㄥ霸ㄅㄚˋ！

點ㄉㄧㄢˇ心ㄒㄧㄣ
爵ㄐㄩㄝˊ士ㄕˋ舞ㄨˇ！

怪獸國
↓

木ㄇㄨ蘭ㄌㄢ花ㄏㄨㄚ公ㄍㄨㄥ主ㄓㄨ玩ㄨㄢ得ㄉㄜ好ㄏㄠ開ㄎㄞ心ㄒㄧㄣ。不ㄅㄨ過ㄍㄨㄛ，因ㄧㄣ為ㄨㄟ離ㄌㄧ她ㄊㄚ的ㄉㄜ城ㄔㄥ堡ㄅㄠ很ㄏㄣ遠ㄩㄢ，因ㄧㄣ此ㄘ公ㄍㄨㄥ主ㄓㄨ的ㄉㄜ閃ㄕㄢ光ㄍㄨㄤ石ㄕ戒ㄐㄧㄝ指ㄓ接ㄐㄧㄝ收ㄕㄡ不ㄅㄨ到ㄉㄠ怪ㄍㄨㄞ獸ㄕㄡ警ㄐㄧㄥ報ㄅㄠ。這ㄓㄜ麼ㄇㄜ一ㄧ來ㄌㄞ，也ㄧㄝ就ㄐㄧㄡ沒ㄇㄟ有ㄧㄡ任ㄖㄣ何ㄏㄜ怪ㄍㄨㄞ獸ㄕㄡ攻ㄍㄨㄥ擊ㄐㄧ的ㄉㄜ事ㄕ件ㄐㄧㄢ，會ㄏㄨㄟ打ㄉㄚ擾ㄖㄠ她ㄊㄚ跟ㄍㄣ噴ㄆㄣ嚏ㄊㄧ草ㄘㄠ公ㄍㄨㄥ主ㄓㄨ的ㄉㄜ快ㄎㄨㄞ樂ㄌㄜ時ㄕ光ㄍㄨㄤ。

29

第四章
噴嚏草公主的計畫

　　突然間，窗外傳來一陣尖叫，打斷了兩位公主的快樂時光。尖叫聲聽起來像是從對面的公園傳過來。

　　「救命啊！救命啊！有怪獸想吃掉我的小貓！」

　　「有怪獸？我的媽媽咪啊！」噴嚏草公主大喊。

「喔ㄛ，這ㄓㄜ可ㄎㄜ真ㄓㄣ是ㄕ糟ㄗㄠ糕ㄍㄠ！」木ㄇㄨ蘭ㄌㄢ花ㄏㄨㄚ公ㄍㄨㄥ主ㄓㄨ說ㄕㄨㄛ。

「別ㄅㄧㄝ擔ㄉㄢ心ㄒㄧㄣ，你ㄋㄧ待ㄉㄞ在ㄗㄞ這ㄓㄜ裡ㄌㄧ就ㄐㄧㄡ好ㄏㄠ。」噴ㄆㄣ嚏ㄊㄧ草ㄘㄠ公ㄍㄨㄥ主ㄓㄨ說ㄕㄨㄛ：「我ㄨㄛ去ㄑㄩ看ㄎㄢ看ㄎㄢ發ㄈㄚ生ㄕㄥ了ㄌㄜ什ㄕ麼ㄇㄜ事ㄕ。」

噴嚏草公主很肯定，一向端莊完美的木蘭花公主一定會害怕怪獸。畢竟連蝸牛、蚯蚓都會讓她緊張兮兮，更別說是怪獸了。她也不喜歡因為跑來跑去流很多汗而弄得臉上濕答答的。

於是，噴嚏草公主故作輕鬆，微笑著離開遊戲室。接著，她拔腿就跑。

　　噴嚏草公主有點不知所措。她心想，身為這個國家的公主，應該挺身而出保護她的王國嗎？答案是肯定的！可是，她知道該怎麼保護嗎？呃……她不太知道該怎麼做。幸好，她在《公主》雜誌上看過關於黑衣公主的報導。

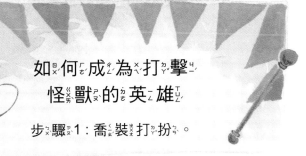

如何成為打擊怪獸的英雄

步驟1：喬裝打扮。

沒人知道黑衣公主的真正身分。所以，噴嚏草公主覺得她也應該隱藏自己的身分。她溜進棉被間，看了看四周的東西之後心想，要穿什麼來偽裝呢？

第五章
毯子公主

　　噴嚔草公主前腳一離開，木蘭花公主後腳也跟著跑開。她跳出窗外，躲進樹叢裡，脫下粉紅色蓬蓬洋裝，戴上面罩。接著，她跳出樹叢、穿過街道，迅速跑進公園。

「怪獸剋星報到！」黑衣公主說。

但是，她沒有看見任何怪獸的蹤影。公園裡只有一位被嚇哭的小女生、一隻發抖的小貓，還有一位戴面罩的陌生人。

「請問你是誰？」黑衣公主問。

「我？」戴面罩的陌生人說：「呃……我就是……嗯……毯子公主！」

毯子公主手插著腰，看起來很有自信的樣子，只不過她的眼睛被毯子的角遮住，看不太清楚。於是，她急忙把遮住眼睛的布撥開。

「太棒了！」黑衣公主說。
「有人幫忙真不錯，我們可以
一起出任務！」

她們安慰哭泣的小女生，
安撫受到驚嚇的小貓。

　　她們仔細檢查怪獸的腳印，但是怪獸卻憑空消失了。她們只好各自離開公園，暫停找怪獸的任務。

第 六 章
分頭進行的任務

　　毯子公主回到城堡裡。她避開僕人的視線，悄悄溜進棉被間。不久，她終於回到遊戲室。

　　「我回來了！」噴嚏草公主說。

木﹏蘭﹏花﹏公﹏主﹏正﹏在﹏看﹏書﹏。她﹏的﹏臉﹏頰﹏泛﹏紅﹏，好﹏像﹏剛﹏剛﹏跑﹏完﹏步﹏的﹏樣﹏子﹏。噴﹏嚏﹏草﹏公﹏主﹏覺﹏得﹏自﹏己﹏的﹏想﹏法﹏有﹏點﹏傻﹏，因﹏為﹏公﹏主﹏才﹏不﹏會﹏用﹏跑﹏的﹏呢﹏！

　　「結﹏果﹏外﹏面﹏到﹏底﹏發﹏生﹏了﹏什﹏麼﹏事﹏？」木﹏蘭﹏花﹏公﹏主﹏問﹏。

44

「有一隻怪獸溜進公園裡。」噴嚏草公主敘述著：「牠想吃掉一隻小貓。後來，黑衣公主出現在公園。」

　　「真是太棒了！」木蘭花公主問：「她有阻止怪獸嗎？」

　　「怪獸不見了。嗯……還出現一位新的英雄喔，叫『毯子公主』。」

　　「這樣啊……」木蘭花公主說：「兩位英雄聯手，一定能解決那隻怪獸。」

　　「沒錯。」噴嚏草公主說：「就把這件事交給她們吧！」

「救命啊！」外頭又傳來大叫的聲音。「有怪獸！」

兩位公主看了看對方。

「我得……嗯…去一下洗手間。」木蘭花公主自言自語的說著。

「就在走廊盡頭嗎？」說完，她邊往門口走。

46

「對ㄉㄨㄟˋ，沒ㄇㄟˊ錯ㄘㄨㄛˋ。」噴ㄆㄣ嚏ㄊㄧˋ草ㄘㄠˇ公ㄍㄨㄥ主ㄓㄨˇ也ㄧㄝˇ小ㄒㄧㄠˇ小ㄒㄧㄠˇ聲ㄕㄥ的ㄉㄜ說ㄕㄨㄛ著ㄓㄜ：「我ㄨㄛˇ去ㄑㄩˋ找ㄓㄠˇ一ㄧ下ㄒㄧㄚˋ，不ㄅㄨˊ知ㄓ道ㄉㄠˋ被ㄅㄟˋ擺ㄅㄞˇ到ㄉㄠˋ哪ㄋㄚˇ裡ㄌㄧˇ去ㄑㄩˋ的ㄉㄜ寶ㄅㄠˇ座ㄗㄨㄛˋ……」接ㄐㄧㄝ著ㄓㄜ，她ㄊㄚ卻ㄑㄩㄝˋ往ㄨㄤˇ另ㄌㄧㄥˋ一ㄧ扇ㄕㄢˋ門ㄇㄣˊ的ㄉㄜ方ㄈㄤ向ㄒㄧㄤˋ走ㄗㄡˇ。

直ㄓˊ到ㄉㄠˋ四ㄙˋ周ㄓㄡ都ㄉㄡ沒ㄇㄟˊ有ㄧㄡˇ人ㄖㄣˊ，噴ㄆㄣ嚏ㄊㄧˋ草ㄘㄠˇ公ㄍㄨㄥ主ㄓㄨˇ立ㄌㄧˋ刻ㄎㄜˋ拔ㄅㄚˊ腿ㄊㄨㄟˇ就ㄐㄧㄡˋ跑ㄆㄠˇ。

如何成為打擊怪獸的英雄

步驟1：喬裝打扮。

步驟2：騎上勇敢、戴著面罩的坐騎。

只要一些毯子、繩子，和一根紅蘿蔔，就能讓好棒豬爵士喬裝成令人害怕的獨角獸英雄——柯尼！

毯子公主騎著柯尼進入公園。她開心的高舉雙手。

「變裝完畢！」毯子公主說：「怪獸們，你們可得小心點了！」

當毯子公主抵達現場，卻沒看見任何怪獸，只有一位小男生和毛茸茸的小狗，以及……黑衣公主。

「有一隻怪獸想吃掉我的小狗！」小男生說：「可是你們一到，牠就不見了。」

「我的老天啊！」毯子公主氣憤的說：「我們一定得找到怪獸！」

黑衣公主騎著黑旋風，繞著公園巡查。

毯子公主也騎著柯尼，不過，他們只在原地轉圈圈。柯尼不覺得怪獸會離開公園多遠。

一位英雄在遠處搜查，另一位在附近搜查。只可惜，她們都沒有找到怪獸。

第 七 章
毯子公主的絕招

　　黑衣公主下定決心說道：「只要沒找到怪獸，我就不休息！」

　　黑旋風直起身子，神氣的發出「嘶」的一聲。他們決定出發到市中心去搜查。

「我也是！」毯子公主附和的說。

她跳到柯尼背上。只是……
柯尼捲起身子，神氣又大聲
的發出……打呼聲。

ZZZZ

毯子公主希望留在城堡裡
的木蘭花公主慢慢使用洗手
間，因為她「獵捕怪獸」的進
度，大概跟柯尼一樣「神速」。

毯子公主摸了摸下巴，心裡想著，怪獸一直想吃公園裡的寵物，牠一定就躲在附近。她會把怪獸找出來，勢必完成這次任務！

如何成為打擊怪獸的英雄

步驟1：喬裝打扮。

步驟2：騎上勇敢、戴著面罩的坐騎。

步驟3：使出各種酷炫的忍者招數。

毯子公主踢了一下樹叢，結果鞋子飛了出去。她只好趕緊撿回鞋子穿好。

毯子公主用力往樹幹上一搥，結果手受傷了。她只好先幫傷口纏上繃帶。

毯子公主試著快速轉身，結果覺得頭好暈。她只好先坐下來、休息一下。

「你在做什麼呀？」一個牽著寵物羊駝散步的男生問道。

「在跟怪獸戰鬥呀。」毯子公主回答。

「看起來不太像耶。」男生說。羊駝好像也同意主人的意見一樣，不屑的吐了口氣。

毯子公主吸吸鼻子，下巴忍不住顫抖著。她好想哭，她不太確定自己適不適合當英雄，因為她不像黑衣公主會使用忍者招數。

「哇！」男生驚訝的說：「你不動的時候，我幾乎找不到你耶，太神奇了。」

毯子公主想起她在《忍者》雜誌上讀到的東西。

忍者招數

1. 酷斃的戰鬥技巧。
2. 絕佳的攀爬技術。
3. 隱身高手。

毯子公主心想，她絕對能掌握其中一項忍者招數！

毯子公主試著站在幾棵樹中間，一動也不動，就連柯尼都不曉得她在那裡。接著，她靜靜等待。

第八章
可口的寵物

　　偷偷摸摸怪獸覺得肚子好餓。這座公園裡沒有山羊,有毛茸茸但不是山羊的寵物。這些寵物聞起來很可口。可是每當偷偷摸摸怪獸想抓一隻來吃吃看的時候,就會有兩位英雄現身。

偷偷摸摸怪獸只好假裝成
一張公園長椅。怪獸覺得變
成長椅不太舒服，因為偶爾
會有經過的人一屁股坐在牠
身上。

有一隻寵物正捲著身子在公園睡覺。牠不是山羊，不過聞起來似乎也很可口。

偷偷摸摸怪獸左看看，右看看，確定沒有人在看牠。

　　偷偷摸摸怪獸從長椅形狀變回原本的模樣。牠爬向那隻昏昏欲睡、但不是山羊的寵物。

　　「還真奇怪呀！」突然有個聲音說。

一陣揮舞毯子的聲音之後，英雄出現了。怪獸先是被嚇了一跳，接著立刻對著蒙面英雄怒吼。

　　「吃寵物！」怪獸大叫。

「不准吃寵物。」毯子公主說。

偷偷摸摸怪獸心想，這位蒙面英雄看起來沒什麼威脅性，而且毛茸茸的，說不定也很可口！

「那……吃你？」偷偷摸摸怪獸一說完，立刻往毯子公主的方向撲過去。毯子公主試著逃跑，怪獸則被公主身上某件毯子纏住了。怪獸用力扯掉毯子，繼續大吼。偷偷摸摸怪獸看起來好像在玩扮裝遊戲，這讓毯子公主想到了一個主意。

她從口袋裡拿出卡拉OK麥克風，對著麥克風大聲喊：「呼叫黑衣公主！你要不要快過來一起玩『公主英雄』的遊戲？」

　　遠方立刻傳來了小馬的嘶叫聲，那正是黑衣公主跟黑旋風的回應！

第 九 章
公主英雄的遊戲

　　黑衣公主與黑旋風飛奔回到公園，看見毯子公主正對著怪獸丟出更多毯子。怪獸想要溜走，可是太多毯子覆蓋在牠身上，讓牠動彈不得。

「扮裝敲擊！」毯子公主對黑衣公主說。

黑衣公主對毯子公主點頭示意，接著兩位英雄開始她們專屬的遊戲。

歡(ㄏㄨㄢ)樂(ㄌㄜˋ)蹦(ㄅㄥˋ)蹦(ㄅㄥˋ)跳(ㄊㄧㄠˋ)！

魔(ㄇㄛˊ)音(ㄧㄣ)傳(ㄔㄨㄢˊ)耳(ㄦˇ)！

團_{ㄊㄨㄢ}團_{ㄊㄨㄢ}轉_{ㄓㄨㄢ}點_{ㄉㄧㄢ}心_{ㄒㄧㄣ}捲_{ㄐㄩㄢ}！

獨_{ㄉㄨ}角_{ㄐㄧㄠ}撞_{ㄓㄨㄤ}擊_{ㄐㄧ}！

偷偷摸摸怪獸沒辦法偽裝成其他東西了，現在牠只覺得頭昏眼花。

「吃……寵……物？」雖然頭昏眼花，怪獸還是不死心的叫著。

「怪獸，別亂來！」兩位英雄齊聲說。

「我ㄨㄛˇ帶ㄉㄞˋ你ㄋㄧˇ回ㄏㄨㄟˊ怪ㄍㄨㄞˋ獸ㄕㄡˋ國ㄍㄨㄛˊ吧ㄅㄚ！」黑ㄏㄟ衣ㄧ公ㄍㄨㄥ主ㄓㄨˇ對ㄉㄨㄟˋ怪ㄍㄨㄞˋ獸ㄕㄡˋ說ㄕㄨㄛ。

「毯ㄊㄢˇ子ㄗˇ公ㄍㄨㄥ主ㄓㄨˇ，你ㄋㄧˇ要ㄧㄠˋ不ㄅㄨˋ要ㄧㄠˋ一ㄧˋ起ㄑㄧˇ去ㄑㄩˋ？咦ㄧˊ⋯⋯你ㄋㄧˇ在ㄗㄞˋ哪ㄋㄚˇ裡ㄌㄧˇ呀ㄚ？」黑ㄏㄟ衣ㄧ公ㄍㄨㄥ主ㄓㄨˇ疑ㄧˊ惑ㄏㄨㄛˋ的ㄉㄜ問ㄨㄣˋ。

毯ㄊㄢˇ子ㄗˇ堆ㄉㄨㄟ裡ㄌㄧˇ突ㄊㄨˊ然ㄖㄢˊ冒ㄇㄠˋ出ㄔㄨ一ㄧˊ個ㄍㄜˋ聲ㄕㄥ音ㄧㄣ說ㄕㄨㄛ：「我ㄨㄛˇ在ㄗㄞˋ這ㄓㄜˋ裡ㄌㄧˇ呀ㄚ。我ㄨㄛˇ覺ㄐㄩㄝˊ得ㄉㄜ，你ㄋㄧˇ可ㄎㄜˇ能ㄋㄥˊ用ㄩㄥˋ得ㄉㄜ上ㄕㄤˋ這ㄓㄜˋ條ㄊㄧㄠˊ繩ㄕㄥˊ子ㄗˇ。」

「哇！」黑衣公主說：「你的忍者招數真厲害。我根本沒看見你在那裡耶。」

毯子公主相當得意的露出微笑。接著，兩位公主合力把怪獸綑得像隻小豬一樣，準備帶牠回怪獸國。

第 十 章
三位英雄的勝利之舞

山ㄕㄢ羊ㄧㄤˊ復ㄈㄨˋ仇ㄔㄡˊ者ㄓㄜˇ剛ㄍㄤ剛ㄍㄤ才ㄘㄞˊ把ㄅㄚˇ一ㄧ隻ㄓ怪ㄍㄨㄞˋ獸ㄕㄡˋ塞ㄙㄞ回ㄏㄨㄟˊ怪ㄍㄨㄞˋ獸ㄕㄡˋ國ㄍㄨㄛˊ。他ㄊㄚ累ㄌㄟˋ得ㄉㄜˊ滿ㄇㄢˇ身ㄕㄣ大ㄉㄚˋ汗ㄏㄢˋ，但ㄉㄢˋ臉ㄌㄧㄢˇ上ㄕㄤˋ卻ㄑㄩㄝˋ掛ㄍㄨㄚˋ著ㄓㄜ笑ㄒㄧㄠˋ容ㄖㄨㄥˊ。除ㄔㄨˊ了ㄌㄜ山ㄕㄢ羊ㄧㄤˊ這ㄓㄜˋ群ㄑㄩㄣˊ固ㄍㄨˋ定ㄉㄧㄥˋ的ㄉㄜ啦ㄌㄚ啦ㄌㄚ隊ㄉㄨㄟˋ之ㄓ外ㄨㄞˋ，他ㄊㄚ希ㄒㄧ望ㄨㄤˋ還ㄏㄞˊ有ㄧㄡˇ人ㄖㄣˊ能ㄋㄥˊ一ㄧ起ㄑㄧˇ加ㄐㄧㄚ入ㄖㄨˋ跳ㄊㄧㄠˋ「勝ㄕㄥˋ利ㄌㄧˋ之ㄓ舞ㄨˇ」的ㄉㄜ行ㄒㄧㄥˊ列ㄌㄧㄝˋ。

就ㄐㄧㄡˋ在ㄗㄞˋ這ㄓㄜˋ個ㄍㄜˋ時ㄕˊ候ㄏㄡˋ，黑ㄏㄟ衣ㄧ公ㄍㄨㄥ主ㄓㄨˇ和ㄏㄜˊ黑ㄏㄟ旋ㄒㄩㄢˊ風ㄈㄥ奔ㄅㄣ馳ㄔˊ進ㄐㄧㄣˋ入ㄖㄨˋ山ㄕㄢ羊ㄧㄤˊ草ㄘㄠˇ原ㄩㄢˊ。

「我ㄨㄛˇ們ㄇㄣ還ㄏㄞˊ有ㄧㄡˇ一ㄧ隻ㄓ怪ㄍㄨㄞˋ獸ㄕㄡˋ要ㄧㄠˋ送ㄙㄨㄥˋ回ㄏㄨㄟˊ怪ㄍㄨㄞˋ獸ㄕㄡˋ國ㄍㄨㄛˊ！」黑ㄏㄟ衣ㄧ公ㄍㄨㄥ主ㄓㄨˇ大ㄉㄚˋ聲ㄕㄥ宣ㄒㄩㄢ布ㄅㄨˋ。

「我ㄨㄛˇ們ㄇㄣ˙？」山ㄕㄢ羊ㄧㄤˊ復ㄈㄨˋ仇ㄔㄡˊ者ㄓㄜˇ問ㄨㄣˋ。

「沒ㄇㄟˊ錯ㄘㄨㄛˋ！」黑ㄏㄟ衣ㄧ公ㄍㄨㄥ主ㄓㄨˇ說ㄕㄨㄛ：「讓ㄖㄤˋ我ㄨㄛˇ來ㄌㄞˊ介ㄐㄧㄝˋ紹ㄕㄠˋ另ㄌㄧㄥˋ一ㄧ位ㄨㄟˋ英ㄧㄥ雄ㄒㄩㄥˊ——毯ㄊㄢˇ子ㄗ˙公ㄍㄨㄥ主ㄓㄨˇ！」

「你好！」新的英雄跟山羊復仇者打了招呼。她坐在一隻圓滾滾的獨角獸背上，慢步走進草原。

「我們在玩『公主英雄』的遊戲。」黑衣公主問：「山羊復仇者，你要不要加入？」

山羊復仇者有點猶豫。他很想加入，可是他並不是公主。

　　「『公主英雄』是什麼遊戲啊？」山羊復仇者問。

　　「跟怪獸戰鬥呀！」黑衣公主回答：「還有吃點心。」

「加上唱歌跳舞！」毯子公主接著補充說明：「不過，主要還是跟怪獸戰鬥。」

　　山羊復仇者忍不住笑了，因為「公主英雄」的遊戲聽起來真的很有趣。

他們齊力把偷偷摸摸怪獸塞回怪獸國。

然後，就是大家一起跳「勝利之舞」時間了。

三位英雄互相擊掌，扭扭屁股，喊「呀呼！」

這是他們專屬的默契。

關鍵詞
Keywords

單元設計｜**李貞慧**
（國立臺灣大學外國語文學系研究所碩士，現任國中英語老師）

❶ **bush** 灌木 [名詞]

The monster squatted into
the shape of a bush.

怪獸蹲坐下來，假裝
成是一叢灌木。

❷ castle 城堡 [名詞]

The princess jumped the castle wall.

公主翻過城牆。

❸ drawbridge
吊橋 [名詞]

The monster crept toward the castle drawbridge.

怪獸爬向城堡的吊橋。

❹ buggy 馬車 名詞

A princess sat in the buggy.

一位公主坐在馬車上。

❺ trolley car 電車 名詞

The trolley cars were clacking.

電車叮噹作響。

❻ **blend in** 融合 片語

Princess Sneezewort
blended in so well
with the flowers.

噴嚏草公主和花叢幾乎
融為一體了。

❼ **footprint** 腳印 名詞

Princess in Black examined
monster footprints.

黑衣公主檢查怪獸的腳印。

❽ ninja 忍者 名詞

The Princess in Blankets remembered some-
thing she had read in the Ninja magazine.

毯子公主想起她在《忍者》雜誌上讀到的東西。

忍ⁱⁿˢ者ˢˣ招ˣˣ數ˣˣ
1. 酷ˣ斃ˣ的戰ˣ鬥ˣ技巧ˣ
2. 絕ˣ佳的攀ˣ爬ˣ技術ˣ
3. 隱ˣ身高ˣ手ˣ

❾ bench 長椅 名詞

The monster pretended to be a park bench.

怪獸假裝成一張
公園長椅。

閱讀想一想
Think Again

❶ 木蘭花公主跟噴嚏草公主的「遊戲日」活動很看起來很棒。你和好朋友們，或你的兄弟姊妹，也有專屬的遊戲嗎？

❷ 為什麼偷偷摸摸怪獸一直沒有被大家發現？牠的特殊技能是什麼？

❸ 毯子公主怎麼發現自己出奇制勝的技巧呢？

❹ 要成為打擊怪獸的英雄，你覺得還需要哪些步驟呢？

❺ 你有發現黑衣公主、山羊復仇者以及毯子公主三個人互相幫助的事蹟嗎？請找出來有哪些！

國家圖書館出版品預行編目(CIP)資料

公主出任務. 5, 遊戲日的祕密/珊寧.海爾(Shannon
Hale), 迪恩.海爾(Dean Hale)作 ; 范雷韻(LeUyen Pham)
繪 ; 黃筱茵譯. -- 二版. -- 新北市 : 字畝文化創意有限
公司出版 : 遠足文化事業股份有限公司發行, 2023.06
　面 ;　公分
譯自：The princess in black and the mysterious playdate

ISBN 978-626-7200-36-0(平裝)
874.596　　　　　　　　　　　11018107

公主出任務 5：遊戲日的祕密（二版）

The Princess in Black and the MYSTERIOUS PLAYDATE

作者｜珊寧・海爾 & 迪恩・海爾 Shannon Hale, Dean Hale
繪者｜范雷韻 LeUyen Pham　譯者｜黃筱茵
字畝文化創意有限公司
社長兼總編輯｜馮季眉　責任編輯｜洪 絹(初版)、陳心方(二版)
編輯｜戴鈺娟、巫佳蓮　美術設計｜盧美瑾

讀書共和國出版集團
社長｜郭重興　發行人｜曾大福
業務平臺總經理｜李雪麗　業務平臺副總經理｜李復民
實體書店暨直營網路書店組｜林詩富、郭文弘、賴佩瑜、王文賓、周宥騰、范光杰
海外通路組｜張鑫峰、林裴瑤　特販組｜陳綺瑩、郭文龍
印務部｜江域平、黃禮賢、李孟儒

出　　版｜字畝文化創意有限公司
發　　行｜遠足文化事業股份有限公司
地　　址｜231 新北市新店區民權路108-2號9樓
電　　話｜(02)2218-1417　傳　　真｜(02)8667-1065
電子信箱｜service@bookrep.com.tw
網　　址｜www.bookrep.com.tw
法律顧問｜華洋法律事務所　蘇文生律師
印　　製｜中原造像股份有限公司

2023年6月　二版一刷　定價｜300元
書號｜XBSY4005　ISBN｜978-626-7200-36-0

Text Copyright© 2017 by Shannon Hale and Dean Hale;
Illustrations Copyright© 2017by LeUyen Pham
Complex Chinese translation rights arranged through The Grayhawk Agency
Complex Chinese translation rights ©2023, WordField Publishing Ltd.

特別聲明：有關本書中的言論內容，不代表本公司出版集團之立場與意見，
　　　　　文責由作者自行承擔